Miura Souki Senryu collection

川柳作家ベストコレクション

三浦蒼鬼

神様に一番遠い蟻である

The Senryu Magazine
200th Anniversary Special Edition
A best of selection
from 200 Senryu writers' works

新葉館出版

体温を感じる句を川柳とする

――作者も読者もドラマの当事者なのだから

3

三浦蒼鬼川柳句集

柳《りゅう》言《げん》

川柳作家ベストコレクション

三浦蒼鬼

■ 目次

川柳作家ベストコレクション

三浦蒼鬼

第一章

人生「あかさたな」

子に見せる背中をいつも張っておく

この人と昔話をする予感

生きたくて時々死んだ振りをする

本当の敵は味方の貌をする

蚊取り線香あとどのくらい生きられる

許されてからの卵はすぐ割れる

人間のまん真ん中がよく乾く

縦に歩いた蟹一匹が俺である

勝負する顔は笑顔と決めてある

一本道で出逢い蛍になる別れ

九条の上で秋刀魚が焦げている

目を閉じるみんな仏の貌になる

踊れない父が燃えないゴミを出す

紙の雪負け方うまくなりました

大事な人を守ろうとして散る桜

生きるって何だろ次の方どうぞ

規格外ですが真面目に生きてます

絶頂の真ん中にいてまた迷う

骨の重さと命の軽さ空の青

群れを抜けると着信音が聞こえない

私は君の粒子でできている

骨軋む音が号砲かも知れぬ

匍匐前進生きる趣意書を書いてます

不整脈僕と会話をしています

笑わねば僕の人生終わっちゃう
わたくしを塗り潰すなら赤にして
耳栓を外すと僕が消えてゆく

間違いに気付いてからの残尿感

メール打つ指が捜している蛍

人間を嫌いな舌が痒くなる

戒名の長さに咳が止まらない

プラス思考の風を纏うと眠れない

落丁の中に芽吹いてくる別れ

ショパン聴く禁断の実を食べてから

心からお祝い申し上げる赤

泣き黒子から見ている空に鍵がない

残高を確認します寒いので
まだ大丈夫作り笑いができるから
車間距離ずんずん詰まる　許そうか

騒音の中から拾う僕の音

ひょっとこの面の裏から海になる

僕と一緒に胸騒ぎしてみませんか

神様に一番遠い蟻である

笑わねば次の解答できません

雑音が交わる位置で生きてます

少年法違反産毛は剃りなさい

違和感を引きずりながら生きてきた

腹をいためた子をストローで見ています

敗者復活泣ける場所から遠くいる

瘡蓋の中で熟成する音符

尻尾振るたびに激しくなる頭痛

駆け足の人生ですが花が好き

皿を割る　頑張り過ぎぬように割る

泥水の中から人の匂いする

愛するって魚のぬめりかも知れぬ
透明になるまで僕に酔ってみる
花畑なら全身で笑えます

この世の皿のメインディッシュは私です

葉桜の下の円形脱毛症

裏面参照母は泣けない海である

仮の世の出口に和解案がある

白旗の畳み皺から蝉時雨

涙ぽろぽろ誰かスイッチ押している

人前で泣かぬ男に降るさくら

綿毛飛ぶ話し足りない事ばかり

雑踏で僕の重さを確かめる

責任転嫁してます果実酒の中で
見えぬもの見たくて臍を曲げてある
無器用な骨に真っ赤な染みがある

脳天を神に晒して生きてます

からっぽの箱の重さに耐えられぬ

過去形が前頭葉で発芽する

家系図の一番下の肩車

敗者復活軍手の穴は穴のまま

この世の岸に引っ掛かってる紙オムツ

対岸に居てシャックリが止まらない

未完成のままがこんなに美しい

最高のシナリオに降る小糠雨

笑止千万奈落で硬くなる骨だ
良い人になれない時間帯がある
再稼働します人間へし折って

凧の糸切れて孤独死直下型

ニッポンチャチャチャ蟻の穴から動けない

あっち向いてホイと届くこの世の請求書

似合わない服がだんだん好きになる

利用価値無くなってから人になる

真っ直ぐに生きて扉にはさまれる

アナログの海で溺れてばかりいる

除籍簿の斜線死ぬってこんなもの

胃袋にあるわがままな避難口

備考欄からはらはら落ちてくる懺悔
かくれんぼ影が私を捜してる
涙拭くのが左手でナイフが右手

介護認定ほら発酵が始まるぞ

プライドを捨てると茄子の花が咲く

寄り道が好きで人間大好きで

弱気な僕にどなたか寄生しませんか
和音抱く絵本の海に揺れながら
仮名です不思議な場所で生きてます

嫌だ嫌だと父に似てくる影法師

延命をしないと決めてから喜劇

二拍子で走った靴を履き潰す

最終章みなバカボンのパパになる

上昇気流誰かが影を踏んでいる

向こう岸まで仮装大会続きます

エピローグこの世は童話なのですね

日の丸の白に女が棲んでいる

チャンチキオケサこの世はみんな黒である

償いの真ん中にいて焼く秋刀魚

二匹目のドジョウを育てる　寒い

深爪の痛みぐらいの妻がいる

紙オムツとナイフ持たされて介護

黙祷が終ると眩し過ぎる海

胃袋に父の沈殿物がある

逝く時は草の香りの日にします
変換キー叩くと強くなれるはず
シャボン玉生まれ変われるなら鳥に

人間を吐いて大学芋になる

延命の終点で聞く脳死論

性善説の裏で歪な月になる

第二章

人生「はまやらわ ん」

人間を好きになったのかな涙
私の何を間引くと春になる
母さんが泣いてるラストダンスだな

負けを認めるまで吃音が止まらない

アドリブが苦手でセロリ吐いている

指先の蛍を飛ばす削除キー

黙祷へ待たせたままの牡丹雪

規格外の集合体が僕である

喉仏あたりの森で黄昏れる

二者択一の生き方にある副作用

八月の踏み台になる猿になる

煩悩のひとつが花の種になる

屋根裏で発酵してる少年期

足枷をはずし一円玉になる

手の鳴る方を振り向く癖は貧しいか

起承転結いつも笑顔を探してる

路地裏で佇む白紙委任状

真夏日を青のリズムで茹であげる

今日生きる虚を転がしてちんどん屋
独走を許されてから凍原野
初期化した窪みに僕の種の起源

正論吐いて歪な箱になっていく

振り向いた位置に漬物石を置く

騙されてみます背骨が乾くまで

梟になれるポイント貯めている
行方不明の僕を何方か知らないか
僕だけに聞こえる音で生きられる

父にある一筆書のエピローグ

朝が来ることが嬉しい磨硝子

ファイティングポーズを崩さないカルテ

残りあと一秒にある可能性
成長をしてる積木が揺れている
四画で書けない「心」背負ってる

針のない時計と朝を待っている

蛍飛ぶ方に抜け殻捨ててある

少数点以下を屋台に吐いてくる

人はみな地団駄踏んで逝くのです
入籍の日から始まるおにごっこ
生も死も水が流れる音がする

シュレッダー終着駅の先にある

コンビニの明るさがある生きてみる

修正液の下で透けてるのが私

結論は求めぬ雪は白いまま
ゼロカロリーの深呼吸です召し上がれ
相槌を打つ僕の匂いが消えている

普段着のままでチャンスは来るらしい

いちにちをドタンバタンと生きてやる

ヒーフーヒーフーこの世は毬藻なのですね

頑張れと言うから牡丹雪になる

だいじょうぶまだくちびるにうたがある

桜降るマリオネットに糸がない

乱気流谷を通って来たのだな

実線を辿って生きてきた無骨

一日を使いきったか手の火照り

引出しに沈めた駄菓子屋の夕陽

腑に落ちぬ煙はじっと動かない

人はみなガラスでできているのです

千本の針を残して逝くのです

くまさんチーム抜け銃口の前に立つ

助手ですがつい鉢巻をしてしまう

透明な音を聴きたい朝が来る
ドタバタ劇のシナリオ誰も還らない
必ず死ぬのですが必死に生きている

雑巾キリリもっと愚かになりなさい

「生きること」それが私のスケジュール

だきしめてしまえばいしがやわらかい

病歴という足跡も僕である

にんげんのまつりないたりわらったり

利き腕ですか　この世にしがみついてます

産道を抜け海峡を立ち泳ぎ

ロッキーのテーマで髭を剃っている

欠け茶碗何かを諦めた形

からっぽになってはだかになって　はる
結び目の固さに気付く別れ際
ざらめ雪素直になれぬまま融ける

立ち上がる日へガンダムの組立図

自画像の鼻が意表を突いてくる

尾てい骨あたりで揺れている母音

人肌で揺れてるブランコが私
笑い袋にショパン奏でる空がある
いのちまんだら一気に殻を脱ぎ捨てる

素手素足　北の大地の土になる

斜め四十五度に大事な人を置く

トカトントンこの世は四月馬鹿である

糖衣錠　もっとおとなになりなさい

負けそうになるから象をラップする

句読点打たれた方が被告席

マツケンサンバからおじさんの流れ星

少年の毛穴から獏立ち上がる

蟹の泡言えないことが多過ぎる

ロボットの助手をしてますパートです
情にすがる形で糸屑が絡む
来るはずの明日へ僕の見積書

生きるって一筆書の迷路です

躓いてからの手相が深くなる

神様の置手紙です花筏

散り際のさくらが闇で受胎する
本能を抱きしめ海と同化する
アドレナリンですドアノブの静電気

バイオリズムの頂点にある擦過音

カーナビに私の影をセットする

全否定あの日と同じ波の音

導かれるように月光浴びている

なくわらういかるふところふるわせて

ひと・さくら・ヒト・サクラ・人　輪廻だね

軟膏は寂しい位置に塗りなさい

還らない日へ粘液が乾かない

わたくしのへそのあたりにある　みなみ

九回の裏雑巾になりなさい
団塊の夕陽が沈むオムライス
ハラワタの尻尾南に向けてある

ピロリ菌ざわわ海鳴り産み落とす

九条も第九も辛い音がする

目覚めたら激しく四股を踏みなさい

雨漏りが止まぬ子離れできぬ傘
わたくしの底は小銭の音がする
すっぴんになればうろちょろしてしまう

泣き砂を踏む足跡にある銀河

ひとつある自慢は僕の背中です

賞味期限過ぎた「ん」ですがまだ赤い

あとがき

　私と川柳との出会いは、昭和六十三年の秋も終わろうとしていたある日、知人から勧められたのがきっかけでした。当時はチャレンジ精神が旺盛な時期でもあり、早速勧められるまま詠んだ初めての一句が「初雪が母の編み棒急がせる」という句でした。地元新聞の雑詠募集欄に投句したら、なんと後日掲載されたのです。自分の名前と川柳が活字になるという不思議な歓びが身体を突き抜けました。程なく北野岸柳さんの「これでも川柳　おれは岸柳」というラジオ番組に投句するようになりました。自分の句が読まれた時の胸の高まりは言葉に表わせぬほどの心地がしました。そんな川柳の魅力にぐいぐい引き込まれていったのです。岸柳さんの「川柳教室」にも足を運び、川柳の奥深さ、生きていることの素晴らしさを教えていただきました。それが根っこになって今の私を支えてくれていると思っています。本当に感謝しております。

今回、句集を編むに際し選句するために改めて自分の句と対峙しました。それぞれの句からそれぞれの思い出が蘇り、自分を見つめ直すことができました。

今にして思えば川柳から人生の何たるかを学び、人間として成長させてもらった気がします。川柳に出会ってから、私の人生は川柳を中心に回り出したのです。そんな川柳で何か恩返しをといつも思っています。二十年前から、年に一回、小学校の子供たちに川柳を教えていますが、恩返しのひとつと思って続けています。また今回、還暦と定年を迎え、記念にという思いと、今までお世話になった柳友諸氏、そして応援してくれたすべての人達への感謝の気持ちを込めて句集を刊行することにしました。

全二四〇句、創作の古い順に並べました。人生を五十音に例えて「第一章　人生　あかさたな」「第二章　人生　はまやらわ　ん」としました。

今の私は「第二章　はまやらわ　ん」のどの辺りを生きているかわかりませんが、最後の「ん」まで川柳のお世話になるつもりです。どうかよろしくお願いします。

二〇一七年十二月吉日

三浦　蒼鬼

●著者略歴

三浦蒼鬼（みうら・そうき）

本名　勝男

◎柳歴・受賞

昭和64年　黒石川柳社入会
平成2年　青森県川柳社同人
平成3年・平成23年　青森県川柳社「不浪人賞」受賞
平成11年・平成17年　青森県川柳社「年度賞」受賞
平成17年・平成20年　青森県文芸コンクール「川柳大賞」受賞
平成28年　北海道川柳大会「北海道知事賞」受賞

◎現在

黒石川柳社　会長
青森県川柳社　会計
おかじょうき川柳社会員

川柳作家ベストコレクション
三浦蒼鬼
神様に一番遠い蟻である
○
2018年 3 月10日　初　版
著　者
三　浦　蒼　鬼
発行人
松　岡　恭　子
発行所
新 葉 館 出 版
大阪市東成区玉津1丁目9-16 4F　〒537-0023
TEL06-4259-3777㈹　FAX06-4259-3888
https://shinyokan.jp/
○
定価はカバーに表示してあります。

ISBN978-4-86044-667-3